Cadeau lecture,
École Saint-François-d'Assise
Année scolaire 2003-2004

HEY ARNOLD!

RETROUVEZ **HEY ARNOLD!**
DANS LA BIBLIOTHÈQUE ROSE

Craig Bartlett

Hey Arnold !

Arnold président

Traduit de l'anglais par Sophie Dalle
Illustrations de Tim Parsons

HACHETTE

1

Qui veut être président ?

La sonnerie de l'école primaire retentit. Arnold se fraya un chemin dans le couloir envahi d'élèves. Au détour d'un virage, il fonça droit dans Helga. Ils se retrouvèrent par terre, leurs livres éparpillés autour d'eux.

Helga fut la première à se relever.

« Tu ne peux pas regarder où tu vas, tête d'ovale ! »

Arnold entreprit de ramasser leurs affaires.

« Excuse-moi, Helga. »

Elle lui arracha des mains son manuel de géographie et tourna les talons.

« La prochaine fois, tâche de regarder devant toi ! Pfff ! »

Elle s'éloigna au pas de charge en marmonnant.

« Arnold ! La tête de linotte ! La carcasse de crétin sans cervelle. Je le déteste ! En même temps… »

Le couloir était maintenant désert. Helga était seule. Elle cligna les paupières, scruta les alentours. La voie était libre.

« Qu'est-ce que je l'aime…! »

Elle ouvrit son manuel de géographie. Entre deux pages, elle y avait logé un ovale parfaitement découpé dans lequel elle avait dessiné le portrait d'Arnold.

« Sa délicatesse ! Son vocabulaire, subtil, mais éléphantesque. Son souci du détail. Je l'aime ! Je l'aime! Qu'est-ce que je l'aime ! »

Tout à coup, Helga entendit une respiration sifflante derrière elle. Elle referma son livre et pivota lentement. C'était Brainy, ce drôle de garçon qui se débrouillait toujours pour apparaître quand elle profitait enfin d'un moment de tranquillité. Il la regarda dans les yeux.

Helga lui flanqua un coup de poing et reprit son chemin.

Elle entra dans la salle de classe et s'affala sur sa chaise au moment où retentissait la seconde et dernière sonnerie.

« Bonjour, Helga », lui lança Phoebe.

Elle grogna.

« Je ne vois pas ce qu'il y a de bon dans ce jour ! »

M. Simmons, l'instituteur, haussa le ton pour se faire entendre dans le brouhaha des enfants qui s'installaient.

« Nous entamons la deuxième semaine d'octobre. Savez-vous ce que cela signifie ? Le temps des élections approche ! Dans quinze jours, quand chacun des candidats aura pu mener sa campagne et soulever vos différents problèmes, nous élirons le président de la classe de cette année ! »

Helga se réveilla soudain. Elle se redressa. Présidente de la classe ! La gloire. Il était temps qu'elle montre à Rhonda Lloyd qui était le chef, ici. Mais pour cela, il lui faudrait de l'aide… et même, beaucoup d'aide.

M. Simmons pivota vers le tableau noir.

« Bien ! Première étape : établir la liste des candidats. Réfléchissez bien : qui pourrait faire un bon président ? »

Helga s'adressa tout bas à Phoebe.

« Je veux la place, Phoebe. Tu sais ce qu'il te reste à faire. »

Phoebe hocha la tête. Elle leva le doigt.

« Monsieur Simmons ? Je propose Helga. »

L'instituteur inscrivit son nom sur le tableau.

« Très bien ! Helga ! Qui d'autre ? »

À trois tables de là, Rhonda poussa Nadine du coude. Nadine lui répondit d'un clin d'œil.

« Monsieur Simmons ! Je propose Rhonda !

— Épatant ! approuva M. Simmons. Rhonda ! Qui d'autre ? »

Curly agita la main.

« Monsieur Simmons ? Est-ce que je peux me proposer moi-même ? »

Toute la classe s'esclaffa.

« Il n'y a pas de quoi rire ! » protesta Curly.

D'un geste autoritaire, M. Simmons réclama le silence.

« Oui, Curly, c'est tout à fait possible. J'attends avec impatience les interventions. »

Pendant ce temps, Gerald tentait patiemment de convaincre son meilleur ami de se jeter à l'eau.

« Tu verras, Arnold, ce sera formidable ! Et moi, je serai ton vice-président ! »

Arnold était perplexe.

« Pourquoi veux-tu être vice-président ?

— Parce que c'est facile ! Le vice-président est chargé de... de la Garde d'Honneur de la Sécurité, ou quelque chose comme ça. Freddy l'a fait, l'an dernier, et il a dit que c'était très cool. Je crois que ça donne droit à des repas gratuits. »

Arnold réfléchit.

« Président de la classe. Au fond, ça pourrait être rigolo. »

Gerald insista.

« Allez, Arnold ! On y va ! On peut les battre tous ! »

Arnold sourit.

« D'accord ! On y va ! »

La main de Gerald se leva vivement.

« Monsieur Simmons, je propose Arnold ! »

2

C'est quoi,
un cotillon ?

Le lendemain à quatorze heures,
les candidats se préparèrent pour
prononcer leur discours de présen-
tation. Arnold était agité : et s'il ne
réussissait pas à tenir toutes ses
promesses ?

Rhonda parcourut ses fiches en songeant : j'aurais dû les vérifier plus tôt !

Helga donna un coup de coude à Phoebe.

« On va les massacrer ! »

M. Simmons se leva.

« Bon ! Le premier candidat à parler sera… »

Curly agita le bras.

« Monsieur Simmons ? Je veux bien passer en premier ! »

Au lieu de se diriger vers le tableau, Curly grimpa sur son bureau.

« J'exige d'être votre président ! Si je suis élu, je vous promets que nous aurons tous de nouvelles cas-

quettes, et aussi, que je transforme-
rai l'école en réserve d'animaux ! »

Tout le monde éclata de rire.

« C'est… c'est très intéressant,
Curly, dit M. Simmons. Et maintenant, je te prie de descendre de là. »

Visiblement satisfait, Curly se
rassit, le visage fendu d'un large
sourire. C'était toujours difficile de
savoir à quoi il pensait, derrière ses
grosses lunettes.

Rhonda s'avança jusqu'à l'estrade.
Elle avait une allure très digne,
comparée à celle de ce pitre de
Curly.

« Comme vous le savez tous, je
m'appelle Rhonda Wellington
Lloyd. Le président de la classe a

des responsabilités, et personnellement, j'ai l'intention de les prendre très au sérieux. »

Nadine applaudit poliment, tandis que Rhonda poursuivait :

« Ce que je vous promets, c'est d'organiser différentes activités après l'école, comme un cotillon, par exemple ! »

On applaudit de nouveau.

« Un cotillon ! Génial ! » dit Sid, enthousiaste.

Puis il se tourna vers son copain Stinky.

« C'est quoi, un cotillon ? »

Stinky haussa les épaules et se tourna vers Gerald.

« C'est quoi, un cotillon ? »

« Je t'expliquerai plus tard », répondit Gerald, d'un air sérieux.

Aussitôt, il se tourna vers Arnold :

« C'est quoi, un cotillon ? »

Stinky reporta son attention sur Sid.

« C'est sûrement Rhonda qui va gagner. C'est forcé, vu son éducation et sa culture… »

C'était maintenant au tour d'Helga. En prenant la place de Rhonda sur l'estrade, elle lui lança au passage :

« Merci, princesse. On organisera un cotillon quand on aura compris de quoi tu parles ! »

Tout le monde rit aux éclats, mais Helga fronça les sourcils.

« Qu'est-ce qui vous fait rire, bande d'ignorants ? Ouvrez donc un dictionnaire une fois de temps en temps ! »

La classe hésita, puis rit de nouveau et se mit à applaudir.

Helga tapa du poing sur la table pour réclamer l'attention de ses camarades :

« Je vais abattre toutes mes cartes. Je m'appelle Helga G. Pataki, et je me présente pour la présidence. En fait, c'est très simple : vous êtes tous déjà plus ou moins à mes pieds, donc, votez pour moi ! Vous n'imaginez tout de même pas Curly à ma place ? »

Tous les regards se tournèrent vers Curly, qui poussa un petit cri. Helga pointa le doigt vers Rhonda.

« Quant à Rhonda, Mlle Wellington-la-Snob-Lloyd, si vous l'élisez, d'ici peu, on va devoir boire le thé tous les après-midi ! »

Rhonda se détourna, furieuse.

« Et surtout, ne commettez pas l'erreur de voter pour Arnold ! » reprit Helga.

Arnold écarquilla les yeux.

« Ce serait pire que tout ! Réfléchissez deux minutes. Arnold, président de la classe ! »

Elle loucha et, se tassant sur elle-même, fit de son mieux pour l'imiter :

« Soyons positifs ! On va se laisser pousser des ailes et voler tout autour de la salle parce qu'il pleut des bonbons au chocolat ! »

Helga se grandit en lançant un regard noir à Arnold.

« Reviens sur terre, Arnold ! La vie n'est pas toujours rose. Essaie d'être lucide ! »

M. Simmons dut intervenir pour arrêter le brouhaha qui suivit cette déclaration :

« Merci, Helga. Tu as prononcé un discours très passionné, mais Arnold ne s'est pas encore exprimé, et il nous reste très peu de temps. Arnold ? »

Arnold s'avança. Il patienta

jusqu'à ce que les rires et les murmures se taisent. Ça ne se passait pas du tout comme prévu. Il s'adressa à Helga avec un grand sourire.

« Merci de m'avoir présenté à nos camarades, Helga… Je veux juste vous dire que cela me plairait beaucoup d'être le président de cette classe. Je sais que c'est une grosse responsabilité, mais je suis prêt à l'assumer. Donc, le jour des élections, pensez-y et votez pour moi ! »

Pendant qu'Arnold reprenait sa place sous de faibles applaudissements, Helga croisa les bras et fixa le plafond d'un air exaspéré.

Sept minutes exactement après la sortie des classes, elle monta en courant les marches de sa maison, grimpa à l'étage, se précipita dans sa chambre et claqua la porte derrière elle. Dans la pénombre, elle traversa la pièce jusqu'à son armoire. Elle l'ouvrit, poussa de côté ses robes et ses manteaux, et se mit à genoux. Malgré l'obscurité, ses doigts trouvèrent très vite l'interrupteur. Clic ! Des dizaines d'ampoules de Noël s'allumèrent, inondant l'espace d'une lumière chaleureuse et gaie.

Helga contempla amoureusement son « Autel Arnold ». C'était le quinzième du genre. Environ deux fois par an, quand sa mère faisait le ménage, elle les jetait. Plutôt que d'aborder ce délicat sujet avec sa maman, Helga préférait chaque fois en fabriquer un nouveau. Celui-ci ressemblait aux précédents, dans la mesure où il représentait le buste d'Arnold. La différence, c'était qu'il était confectionné d'herbes tressées, de fleurs et de baies. La tête en forme de ballon de football américain était en roseaux, avec des bleuets en guise d'oreilles. Pour les cheveux, Helga avait coupé des poils du balai de sa mère. Elle avait eu un mal fou à trouver la bonne nuance de jaune.

Elle croisa les mains.

« Oh, Arnold ! Cet amour secret me torture ! Je veux être la présidente de la classe, mais comment mener une campagne efficace en sachant que tu rêves de la même chose? »

Les yeux en fleurs d'Arnold la fixèrent.

Terriblement émue, Helga eut soudain l'impression que la tête artificielle lui répondait : J'aimerais beaucoup être élu président de la classe.

« Ça suffit ! » s'écria-t-elle, à bout de nerfs.

Elle s'écroula, désespérée.

« Et moi aussi ! J'en meurs d'envie ! »

3

Quelles
promesses ?

Ce soir-là, Gerald était couché sur le canapé. Il s'amusait avec un ballon de foot, tandis qu'Arnold allait et venait dans la pièce.

« Le premier débat aura lieu demain. Il nous faut absolument

une vraie promesse », dit Arnold.

Gerald lança son ballon, le rattrapa.

« On pourrait proposer de réduire l'année scolaire à trois mois ? Ou bien de casser la cantine ? »

Arnold secoua la tête.

« Je parle sérieusement. »

Gerald se redressa.

« Et si on rassemblait des fonds pour construire une rampe de skate ? Les élèves de l'école voisine en ont installé une dans leur cour de récréation. Ils ont ramassé l'argent en vendant des gâteaux et des trucs comme ça. »

Le visage d'Arnold s'éclaira.

« C'est une bonne idée ! »

Gerald lui jeta le ballon. Arnold s'en empara.

« Ce sera le projet de base de notre campagne électorale.

— Génial ! Une rampe de skate pour la classe de CM1 ! »

Au même moment, chez les Pataki se déroulait une scène à peu près semblable : Phoebe effectuait des allers-retours devant Helga, qui lisait une bande dessinée sur son lit.

« On pourrait distribuer des badges avec ton slogan, quelque chose qui rime. Par exemple : Votez pour Helga, c'est la méga ! »

Helga leva les yeux au ciel.

« Phoebe, question poésie, tu n'es vraiment pas douée. »

Phoebe hocha la tête tourna la page de son cahier.

« As-tu réfléchi, toi, à ce qu'on va leur promettre ? »

Helga hocha la tête, sans cesser de lire.

« On va casser la cantine.

— Je parle sérieusement, Helga. Le premier débat aura lieu demain. Il faut que tu sois prête. »

Helga jeta de côté son livre.

« Bah ! C'est facile ! J'écoute tout ce que disent mes adversaires, et ensuite, je les descends l'un après l'autre ! »

4

Les joies
de la démocratie

Le lendemain, souriant comme à son habitude, M. Simmons monta sur l'estrade pour expliquer à ses élèves les règles du jeu.

« Et maintenant, commençons, proposa-t-il. Je suis impatient d'entendre chacun de nos candidats. Rhonda, tu es la première ! Viens ! »

Rhonda prit place et remercia d'un signe de tête ses camarades qui l'applaudissaient. M. Simmons consulta une fiche cartonnée.

« Rhonda, voici ma première question : comment définis-tu le rôle de président de la classe ? »

Rhonda se tint très droite.

« Le rôle de président de la classe nécessite l'organisation de réunions chaque semaine avec le vice-prési-dent, le secrétaire et le trésorier. Mais ça, n'importe qui peut le faire. Moi, j'ai l'intention d'aller plus loin. Je veux changer le décor de la classe. Il faut des couleurs gaies. Ces décora-tions de Halloween sont affreuses. »

Eugène battit des mains.

« Quelle bonne idée ! »

Helga ricana.

« Helga ? As-tu quelque chose à dire ? » demanda M. Simmons.

Elle se leva et fonça vers le tableau dans un brouhaha de cris d'encouragement. Elle leva une main pour réclamer le silence.

« Vous voulez savoir ce que je pense ? Rhonda veut décorer ce trou. Je réponds : qu'elle repeigne sa maison en mauve si ça lui chante, mais qu'elle ne nous mêle pas à ça ! Soyez réalistes, pour l'amour du ciel ! »

Rhonda devint écarlate, tandis

que toute la classe s'esclaffait.

« Rhondaloïd se soucie uniquement des apparences. Elle ne saurait pas reconnaître un président de classe s'il lui mordait le bras ! Voici comment je définis le rôle de président de la classe… »

Elle pointa l'index sur sa propre poitrine.

« … C'est moi ! Helga G. Pataki. »

Les applaudissements crépitèrent. Helga s'assit à côté de Rhonda et lui adressa un clin d'œil.

« C'est déjà fini pour toi, princesse.

— Ah, oui ? siffla Rhonda. La campagne est loin d'être terminée, Helga.

— Bien, calmez-vous, ordonna M. Simmons. Ma prochaine question, je la destine à Curly. »

Curly bondit de sa chaise comme un ressort et se précipita vers l'estrade.

« Curly, si tu es élu président, que feras-tu pour ta classe ? »

« Moi ? hurla-t-il. Pour la classe ? Je suis content que vous me posiez cette question! Je rirai, je pleurerai, j'inscrirai mon nom partout dans le ciel, et si ça ne suffit pas, je libérerai tous les animaux du zoo ! »

Curly sourit en agitant les bras. Tout le monde rit.

« Libérons les animaux ! Libé-rons les animaux ! » entonna Curly, jusqu'à ce que la porte s'ouvre brusquement et qu'appa-raisse la tête du directeur.

« Tout va bien, monsieur Simmons ? »

Les élèves se turent instantané-ment. L'instituteur hoqueta.

« Oui, monsieur Wartz. Nous... Nous sommes en train de découvrir les joies de la démocratie.

— La démocratie ? Vous m'en direz tant, monsieur Simmons. Eh bien ! Continuez. »

Il s'en alla. M. Simmons se tourna vers Arnold.

« Arnold ? Quel est ton avis sur ce sujet ? »

Arnold cligna les paupières.

« C'était quoi, la question, déjà ?

M. Simmons sourit.

« Si tu es élu président, que feras-tu pour ta classe ? »

Arnold se leva en se demandant pourquoi il tombait toujours après ceux qui savaient faire rire. Il jeta un coup d'œil à Gerald, qui lui fit un signe d'encouragement.

« Euh... libérer les animaux, c'est bien, mais je laisse ça aux gardiens du zoo. Ici, dans notre école, on aurait besoin d'une rampe de skate. »

Les élèves tendirent l'oreille.

Jusque-là, tout allait bien. Arnold enchaîna :

« Les enfants d'une autre école l'ont déjà fait. Je ne vois pas pourquoi nous n'y arriverions pas. Ils ont gagné de l'argent en organisant des ventes de gâteaux. Nous, on pourrait peut-être préparer un spectacle, ou un carnaval ? »

Un cri d'approbation accueillit cette proposition. Stinky se tourna vers Sid.

« Avec une rampe de skate, les récréations seraient presque parfaites ! »

Sid opina.

« Sacré Arnold ! »

De sa place, Gerald signala à Arnold que c'était gagné. Arnold lui sourit.

5

Il faut tuer cette idée dans l'œuf

« Notre campagne démarre bien », dit Gerald à Arnold, cet après-midi-là dans le couloir qui menait au hall d'entrée.

Ils s'arrêtèrent devant leurs casiers pour prendre leurs vestes.

« Tu as très bien introduit le thème

de la rampe de skate. Mais qu'est-ce que c'est que cette histoire de spectacle? Qu'est-ce qu'on va pouvoir présenter ?

— On trouvera, répondit Arnold. Tu pourrais peut-être jouer du piano... »

Gerald soupira :

« Tout le monde joue du piano dans les spectacles d'école. »

Helga et Phoebe n'étaient pas loin derrière.

« Débrouille-toi pour savoir ce que cette tête d'ovale a encore imaginé. Et d'abord, une rampe de

skate, qu'est-ce que c'est ? »

Phoebe hocha la tête en inscrivant dans son cahier : « Voir école voisine. »

Helga reprit :

« Nous devons tuer cette idée dans l'œuf. Prouver que c'est impossible, ou qu'il ment... que son projet n'est pas valable. »

Phoebe dévisagea Helga d'un air inquiet.

« Arnold est tout ce qu'il y a de plus honnête, Helga. »

Helga leva les yeux au ciel.

« Il faut que je te fasse un dessin, peut-être ? C'est justement sa réputation de tête d'ovale honnête que je cherche à détruire. Si je réussis à le faire passer pour un menteur, notre équipe remportera les élections haut la main. »

Phoebe savait qu'Helga avait tort, et elle avait très envie de le lui dire, mais à ce moment-là, elles passèrent près d'Arnold et de Gerald. Phoebe rencontra le regard de Gerald. Il y eu un silence.

« Salut, Gerald », murmura Phoebe d'une toute petite voix.

Gerald la dévisagea froidement, comme s'il avait deviné ses pensées.

« Salut, Phoebe. »

Se doutait-il des plans d'Helga ?

Elle s'éloigna avec son amie, le cœur battant. Gerald les regarda partir, puis se tourna vers Arnold.

« Phoebe est mal à l'aise. Je me demande ce que nous prépare Helga. »

6

Un débat agité

Deux jours plus tard, lors du deuxième débat, Helga prit place sur l'estrade pour démolir le projet d'Arnold.

« Arnold savait que mon père envisageait de participer au financement d'une rampe de skate pour l'école, avec le Garage Vermicelli et les Ciments Scheck. En fait, les CM2 ont déjà commencé à rassembler des fonds dans ce but. Lui et Gerald leur ont tout simplement piqué leur idée. »

Gerald bondit de sa chaise en agitant l'index.

« C'est un mensonge, et tu le sais ! »

Les cris et les questions fusèrent de partout.

« Une rampe de skate ? Les CM2 ?

— Qui t'a parlé de ça, Helga ? »

M. Simmons s'agita.

« Je vous en prie ! La démocratie est un exercice passionnant, mais elle exige un minimum de calme. Asseyez-vous. »

Arnold et Gerald restèrent debout.

« On n'était pas au courant des plans de ton père, Helga, parce que tu as inventé cette histoire de toutes pièces hier soir ! » hurla Arnold.

Helga s'énerva.

« Mon père travaille dessus depuis des mois. C'est presque fait. Tu t'es contenté de voler le projet des CM2, tête d'ovale. »

Dans la classe, on s'excita de nouveau. Désespéré, M. Simmons sortit une règle du tiroir de son bureau et frappa plusieurs coups.

« Asseyez-vous, tous ! Ça suffit ! » rugit-il, d'un ton qui le surprit lui-même.

Aussitôt, les enfants se turent.

« Merci ».

L'instituteur soupira. Arnold regagna son bureau. Du fond de la salle, Helga lui jeta un regard furieux.

« Quoi ? »

Arnold la fixa longuement, froidement, puis se concentra sur ses cahiers.

Helga eut un frisson. Arnold était fâché ! Vraiment fâché ! Au fil des ans, elle avait souvent déçu l'amour de sa vie... mais elle n'avait pas eu le choix. C'était le seul moyen de ne pas perdre la face ! Elle ouvrit son manuel de géographie : le portrait d'Arnold semblait la juger sévèrement. Elle referma aussitôt le livre.

« Oh, Arnold, souffla-t-elle. Je t'ai toujours aimé. J'ai toujours fait semblant de te détester. C'est devenu un rite. Mais jusqu'ici, tu m'as toujours pardonnée. »

À cet instant-là, Helga regretta amèrement tout ce qu'elle venait de raconter.

Cependant, quand la sonnerie retentit à quinze heures, Helga avait réussi à se convaincre que le jeu en valait la chandelle. Ce n'était pas possible autrement. Elle quitta la salle d'un pas rageur, digne de Helga G. Pataki, la fille la plus féroce du CM1.

7

À l'attaque !

ARNOLD EST UN GROS MENTEUR !

Arnold aperçut l'affiche en énormes lettres majuscules. Elle se voyait depuis le bout du couloir. Mais il n'y en avait pas qu'une, il y en avait plusieurs, toutes différentes : *VOULEZ-VOUS UNE*

*TÊTE D'OVALE POUR PRÉSI-
DENT ? UNE RAMPE DE SKATE ?
TU PARLES !* ou encore : *IL
MENT COMME IL RESPIRE !*

Stupéfait, Gerald secoua la tête.

« Hum… Il faut contre-attaquer,
Arnold. »

Arnold acquiesça.

« Oui, mais comment ?

— Je n'en sais rien. On pourrait
fouiller, chercher quelque chose sur
elle. Je crois que Sid a des photos
d'Helga où elle suce son pouce. »

Arnold n'était pas d'accord.

« Non… Je préfère rester dans le
droit chemin. »

Gerald cligna les yeux.

« Comment ça ?

— Si elle a décidé de mener ce genre de campagne, nous, on doit rester honnêtes. Les élèves ne sont pas bêtes. Ils verront vite la différence. Ils voteront pour nous.

— Tu es fou ? Arnold, tu connais nos camarades de classe ! »

Tous deux entrèrent dans la salle de classe. Pour gagner leurs places, ils durent croiser Helga et Phoebe. Comme la veille, Phoebe parut mal à l'aise. Elle salua Gerald, qui l'ignora.

Consacrée aux mathématiques, aux sciences et à la géographie, la matinée fut longue. Arnold et Gerald avaient du mal à se concentrer.

Ils ne pensaient qu'à Helga. Qu'en était-il, exactement ? Il était temps d'interroger les élèves de CM2.

Ils trouvèrent Wolfgang à sa place habituelle, devant la porte de la cantine. Il s'amusait à bousculer les petits CE2 qui passaient devant lui avec leurs plateaux.

« Helga ? Oui, j'ai discuté avec elle. Et alors ? »

Wolfgang, la brute des CM2, se dressa de toute sa taille, mais Gerald ne perdit pas courage.

« Qu'est-ce qu'elle a à voir avec cette histoire de rampe de skate pour les CM2 ? »

Wolfgang ricana, avant de répondre :

« Pourquoi je te le dirais ? »

Arnold lui tendit un sachet de bonbons. Wolfgang y plongea le nez.

« Des nounours à la pastèque ?

— Oui, et au beurre de cacahuètes, et à la noix de coco. »

Wolfgang s'empara du paquet.

« D'accord. Elle vous a volé votre idée. Puis elle a demandé à son père d'appeler ses amis pour qu'ils financent le projet. Je parie qu'ils vont faire plein de publicité ! »

Il montra du doigt un coin de la cour.

« La rampe sera installée là. »

Arnold se tourna vers Gerald, effaré.

« Je n'en reviens pas qu'Helga se soit démenée comme ça, juste pour gagner les élections. »

Wolfgang éclata de rire.

« Elle te déteste, mon vieux. Si elle fait ça, c'est seulement pour t'embêter. D'ailleurs, c'est idiot. Président de la classe ! Plus nul, tu meurs ! »

Il fit un croche-pied à un petit.

« Maintenant, laissez-moi tranquille. Je suis occupé. »

Arnold et Gerald s'éloignèrent.

8

Helga
a des scrupules

Pendant qu'Arnold et Gerald discutaient dehors, Phoebe, très inquiète, prenait des notes auprès d'Helga.

« N'oublie pas le scotch, Phoebe. On va mettre des affiches à l'entrée de la cantine. »

Phoebe vérifia sa liste de choses à faire. Elle commençait à en avoir assez.

« Je crois que Rhonda a collé les siennes dans ce couloir. »

Helga sortit son manteau de son casier et l'enfila.

« Ce n'est pas un problème. On posera les nôtres par-dessus. »

Phoebe referma son carnet et s'éclaircit la gorge.

« Helga, je… je n'aime pas beaucoup la façon dont nous menons notre campagne. Tes méthodes ne sont pas… très honnêtes. »

Helga regarda son amie droit dans les yeux.

« Écoute, Phoebe. Je veux être élue. Tant pis si je dois écraser les autres pour y arriver. Tu comprends ? »

Phoebe resta un moment sans bouger, puis elle rangea son cahier dans son sac.

« Très bien », lança-t-elle d'un ton sec.

Elle se détourna vivement et s'en alla.

Helga la vit disparaître dans le couloir.

« Phoebe ? Où vas-tu ? Et nos affiches ? Phoebe ! »

La porte de l'école se referma sur Phoebe. Helga marmonna entre ses dents.

Le soleil se couchait quand Helga rentra chez elle. Big Bob regardait un match de boxe à la télévision.

« Papa ? Je peux te parler ? »

Il ne quitta pas l'écran des yeux.

« Mets-lui une gauche ! Une gauche !

— Papa, tu sais, pour la rampe de skate? »

Bob resta planté devant son poste.

« Celle que je finance ?

— Oui. Je me demande si c'est une bonne idée, finalement. »

Cette déclaration provoqua enfin le résultat souhaité. Big Bob se tourna vers elle.

« Qu'est-ce que tu me racontes ? Hier soir, tu me suppliais de m'en occuper. Nick et les employés des Ciments Scheck sont tous partants. Autant dire que leur rampe, ils l'ont déjà. L'encre a séché sur le papier, le navire vogue ! »

Big Bob se concentra de nouveau sur son match.

Helga monta dans sa chambre. Elle ouvrit son armoire, repoussa les vêtements, s'agenouilla pour allumer sa guirlande de Noël. Un soupir lui échappa, tandis qu'elle contemplait son Autel Arnold.

« Mon adorable et loyal petit candidat. Je t'ai déçu. Et pourtant, je dois continuer à me battre jusqu'au bout. »

Elle baissa le nez, incapable de

faire face à la fabrication artisanale du garçon qu'elle aimait.

« Je sais que dans ma quête égoïste pour le pouvoir, je donne l'impression d'être malhonnête, mais je t'en supplie, il ne faut pas m'en vouloir. Les apparences sont souvent trompeuses, mon amour ! »

Du bout des doigts, Helga caressa la joue en roseau d'Arnold.

« Cher Arnold ! Demain, nous voterons. Pardonne-moi cette ultime trahison ! »

9

N'oubliez pas de voter !

Le grand jour arriva enfin. M. Simmons se planta devant le tableau.

« Mes enfants, c'est le moment que nous attendions tous : l'élection de notre président de classe. Je sais que vous êtes impatients d'entendre les derniers discours de nos candidats. Ne perdons pas de temps. Rhonda ? »

L'air un peu pincé, Rhonda gagna l'estrade.

« Merci. Je tiens beaucoup à cette classe de CM1. J'ai écouté attentivement les remarques de mes camarades ces deux dernières semaines, et leurs soucis sont devenus les miens. Je pense à Sid, par exemple, qui déteste faire la queue à la cantine, ou à Stinky, qui se demande comment s'acheter du matériel neuf pour le cours d'arts plastiques quand on n'a pas beaucoup d'argent. »

Helga leva les yeux au ciel et grommela :

« Vite ! Donnez-lui un mouchoir ! »

Rhonda lui lança un regard furieux et enchaîna :

« Ces quinze jours ont été aussi marqués par les médisances et la malhonnêteté. Helga, Arnold, sans vouloir vous nommer, j'ai le sentiment que certaines campagnes ont été menées d'une façon très... désagréable. »

Elle désigna l'assistance.

« Vous pouvez changer cela. Voter pour Rhonda Lloyd, c'est voter pour le savoir-vivre et le bon goût. Pensez-y : pour l'élégance, votez Rhonda. Merci. »

Elle alla se rasseoir sous les applaudissements.

Helga émit un son grossier et adressa un sourire à Phoebe, qui se détourna, mal à l'aise.

C'était au tour d'Arnold de s'exprimer. Il posa son regard sur Helga. Elle grogna.

« Rhonda a raison : nous n'avons pas de quoi nous vanter. Certaines personnes se sont attaquées injustement à d'autres. »

Helga se ratatina légèrement sur sa chaise. Arnold poursuivit sans la quitter des yeux :

« Ce que je veux vous dire, c'est que… certains d'entre vous me prennent peut-être pour un "gros menteur". Mais il ne faut jamais se fier aux apparences. »

Helga sentit qu'elle devenait écarlate. Elle était envahie par la honte. Son amoureux répétait presque mot pour mot ses pensées secrètes de la veille ! Elle était si tourmentée qu'elle n'entendit pas la fin du discours d'Arnold. Pourtant, M. Simmons l'invitait à prendre la parole. C'était son tour !

Elle s'avança en retenant son souffle. Sur son passage, les élèves crièrent et battirent des mains.

« Écoutez-moi bien, bande de nuls. Je… J'y suis peut-être allée un peu fort en traitant une certaine tête d'ovale de menteur… »

Un murmure parcourut la classe.

Helga G. Pataki allait-elle se rétracter ?

« Je… En effet, ce n'était peut-être pas mon idée de construire une rampe de skate. Peut-être que c'était l'idée d'Arnold, et que j'ai réussi à convaincre mon père d'en payer une partie. Donc, peut-être qu'il n'a ni menti, ni triché. »

Arnold écarquilla les yeux. Il lui sourit.

Helga résista à la tentation de se donner des claques. Elle s'obligea à continuer :

« Mais… ça ne veut pas dire que ce projet ne soit pas complètement idiot ! Franchement ! Combien d'entre vous possèdent une planche de skate ? »

Plusieurs mains se levèrent. Helga les ignora.

« Bref… oublions un instant cette histoire. J'ai toutes les qualités requises pour être une bonne présidente. Je sais prendre les choses en mains. Je me battrai pour vos droits dans la classe et dans les couloirs de l'école, afin que vous soyez fiers de moi. »

Elle agita le poing :

« Votez pour Helga G. Pataki ! »

Tous les élèves se levèrent, impressionnés. Arnold, Gerald, Rhonda et même Phoebe applaudirent. En retournant à son bureau, Helga croisa M. Simmons. Il s'essuya le coin de l'œil… Était-ce une larme d'émotion ?

« Épatant ! Vous nous avez bouleversés, Mademoiselle Pataki. À présent, place au dernier candidat… Curly ! »

Aussitôt, Curly bondit de son siège.

« Bonjour, camarades Martiens. Comme vous le savez déjà, nous aurons toute l'heure du déjeuner pour voter. N'hésitez pas à passer me voir au kiosque d'information que j'ai installé à l'entrée de la cantine. Votez pour moi, Curly. C'est mon père le propriétaire des Glaces Gammelthorpe ! »

La sonnerie retentit, et Curly sortit en courant. M. Simmons adressa une ultime recommanda-

tion à ses élèves.

« N'oubliez pas : l'urne est ici. Vous pouvez y déposer votre bulletin quand vous voudrez jusqu'à la fin de la récréation. »

10

Qui sera président ?

Arnold, Gerald, Rhonda, Nadine, Helga et Phoebe se précipitèrent vers l'urne pour y déposer leur bulletin. Pendant ce temps, les autres coururent jusqu'à la cantine, Harold en tête. Ils se rassemblèrent autour d'une petite table carrée sur laquelle trônait un panneau en carton :

CURLY PRÉSIDENT
RENSEIGNEMENTS !

Stinky repartit muni d'un coupon. Il n'en revenait pas.

« Cool ! J'ai droit à une glace gratuite chez Gammelthorpe ! » s'exclama-t-il.

Curly hocha la tête en souriant.

« Parfaitement, mon vieux. Et j'en ai dix autres à distribuer à ceux qui promettent de voter pour moi. »

Le groupe se pressa contre la table. « Moi ! Moi ! Moi ! »

Après le déjeuner, M. Simmons compta tous les bulletins. Puis il annonça une nouvelle renversante :

Curly avait obtenu la majorité absolue !

Arnold, Helga et Rhonda arrondirent les yeux, stupéfaits.

« Je suis président ! s'écria Curly. Je suis président ! »

Il sauta sur le bureau de l'instituteur en chantant à tue-tête et en levant la jambe.

« Ta-ta-ta-tim-tam-tam-tam ! »

Puis il quitta la salle en courant.

« Salut les nuls ! »

M. Simmons le rappela.

« Curly ? Il n'est que treize heures quinze ! Curly ? Où vas-tu ? Reviens ici tout de suite ! »

À quinze heures, la sonnerie

annonça la sortie. Les élèves de l'école primaire envahirent la rue. Arnold regarda Gerald s'éloigner avec Phoebe. Il devait lui raconter une blague, parce qu'elle riait. Ils étaient redevenus amis.

En se retournant, Arnold aperçut Helga, sur l'autre trottoir.

« Helga ? »

Elle grimaça, tandis qu'il se mettait à courir pour la rattraper.

« Quoi ? Qu'est-ce que tu veux ? »

Arnold haussa les épaules.

« Je ne sais pas. Je… Je voulais te remercier pour ce que tu as dit, tout à l'heure. C'était courageux. »

Helga était enchantée, mais pour rien au monde elle ne l'aurait montré.

« De toute façon, Curly était imbattable. »

Arnold rit aux éclats.

« Oui. Curly et ses glaces !

— Il est bizarre, ajouta Helga. Je te le dis, tête d'ovale, nous vivons dans un monde étrange. Tu n'es pas président de la classe, mais j'ai discuté avec mon père, et j'ai bien l'impression que vous allez l'avoir, votre rampe de skate, grâce aux Ciments Scheck, au garage Vermicelli et à Big Bob.

— C'est vrai ? s'exclama Arnold, ébahi. C'est formidable ! Tu sais, je suis plutôt content que Curly ait gagné. J'en ai assez de la politique.

— Moi aussi, avoua Helga. En tout cas, jusqu'à l'année prochaine. Et là, tête d'ovale, tu peux être sûr que je gagnerai ! »

Table